성명순 시집 황금두뇌 시인선 008

시간 여행

| 시인의 말 |

　사는 것 같지 않은 현실의 벽에 너도나도 숨조차 쉴 수가 없었던 IMF

　사람들이 켜놓은 불빛을 따라 걸었습니다.

　볼이 따가울 즈음 북적대는 사람들 틈을 지나

　사기꾼과 동료들의 땀방울을 읽으며 가장 좋은 선물인 용서를 받았습니다.

　'또 다른 세상을 경험 하는 것, 곧장 가는 것 보다 우회 하는 것이 더욱 아름다운 거야.'

　주문을 외듯 마음속 깊이 다잡았습니다.

　그러다 시가 있는 자연이야기에 저도 모르게 마음 문이 열려 도저히 삭일 수 없을 때 글을 쓰고 또 썼습니다.

　제 삶의 진득한 기다림이 되어준 저의 옆지기님, 이재인 교수님 그리고 편집을 도와준 아들,

　시를 그림으로 표현해준 딸에게 고마움을 표합니다.

　이따금 안부인사 여쭙고 있는 고은 시인님은 제 삶의 반원이 되었습니다.

　감사합니다.

2015년 1월 5일
성명순

2015년 • 사진_강여산

| 차례 |

1부

풍경

분홍 꽃잎모자 모래밭을 달린다.
자빠졌다 벌떡 일어나고
하얀 이 드러낸 파도에
풀풀 향기로운 갯내.

맑은 눈동자엔
갈매기가 노닐고 시가 미끄럼을 탄다.
그곳엔 사랑
누군가 찍어놓은 발자국이 보였다.

횟집에서

횟집에 갔다.
하얀 플라스틱 접시에
날렵한 숭어 살점이 놓여 있다.

짜르르 마늘 한 조각에 비몽사몽
콧등엔 땀방울 경보기 울리고

손에 든 나무젓가락에 파동이 올 때
타는 갈증을 달랬다.

한 잔의 소주로

두 톨의 말

마흔 다섯 해
생각느니
저절로 꼬투리에서 톡 튀어 나온 말
너, 쪽
너라고 부르는 친구의 입김이 따스해
하늘로 치솟을 것처럼 행복하다

까슬까슬한 촉수
아직은 미지수
누구도 감히 넘보지 못할
아, 심장을 찌르는 황홀한 전류에

엊그제 보고 싶은 딸한테 날아온 메일
하고 싶은 말 그 가지 끝
찍어 놓은 가슴이 푸른 새 발자국
쪽
아, 입속에 단물 고인다

책

한 페이지 휙 넘어갈 때
온갖 생각 느낄 줄 아는
그저 난
그대를 비추는
한 묶음 책이라네

밤마다
칠흑 같은 바다에
까치발 들고
호롱불 켜는 맘

삶의 흉터
채 아물지 못해
활자로 솟아나는
사랑의 샘물 긷는
책이라네

수천 수만 번
병 주고 약주는 세상
울지 못하는 정신의 골짜기
종일토록 보초서는
하얀 종이의 호위병
책이라네

끝없이 끝없이
마음으로
그대와 합류하여 흐르는
풀빛 속 좋은 책
행렬에 앞장서 남으오리다.

무료급식

한 끼 밥이 전부인 사람들
두 줄로 나란히 앉아서 하루를 먹는다.

예측불허

내 마음 흐르다
머문 언저리
철썩
거세게 밀려오는
파도의 손아귀

눈부신 순금 햇살
헐값에 샀다.
괭이 갈매기 춤사위에
홀린 듯 초점을 잃어
눈이 멀 것 같아
내 마음
어딘가엔
웅크려든 세포 사이사이 경계
요동치는 소리

갈등 안으로
치대어 잠겨든다.
또
생길 일
예측불허
아무도 모른다.

자기 확인

눈 밑 그늘진 주름을 외면하지 마라
짙어진 세월의 나이테 보듬어
늑골로부터 샘솟는 열정
꽃으로 피었나니
머릿결 푸석거려도
환한 기쁨으로 살아가자

시간 여행

소리 없이 피었습니다.

조팝나무꽃 하얀 구름으로 떠 있습니다.
무성한 잎들을 머리에 이고
햇살을 불러들입니다.

공원길로 들어가 꽃들의 숨소리에 매달렸습니다.

청춘의 피 그 추억과 느낌은
희미한 발자국으로 남았습니다

시간이 흘러가도 아련히 떠오르는 건
아직도 그대에게 미련이 남아서일까요?
그때 그 온기는 사라졌어도

기억 속의 나

해 저문 노을이 내게 다가왔다.
어둠이 몰려오기 전

삼삼오오 마실 오는 밤바다에
물결 같은 그대를 한때는 사랑했다.

별똥 하나가 살그머니 알몸으로 그물에 걸렸다.
거센 바람에 내 숨소리를 밀어 넣었던

찬연히 별이 빛나던 오래 전 그 밤이 생각났다

친구야

이름이 부르고 싶다
네 해맑은 얼굴

언제나
그 자리에서
그리움으로 인해 이유 없이 좋은 너

아린 눈 들어 하늘을 보니
풀꽃 지붕 위

그 가슴 안 해끔히 돋는 풀잎처럼
어디에서라도 네 옆에 항상 있고 싶다.

헛짓

아픈 고개 치켜세우고
까치를 쳐다보다
울려고 해도 나오는 건 메마른 한숨
땅 바닥에 주저앉아
뭇 참새의 비웃음에
조그만 꿈틀거림처럼 툭 떨어지는
눈물방울이 섧다.

그 아이

내 가슴속 푸른 멍을 닮은
한 쪽 날개를 잃은 아이

어깨가 처져있다.
사랑을 갈구하는
커다란 눈망울이 사슴을 닮은

그 눈빛이 서러워 가슴으로 운다.

해송

바닷가 한 그루 소나무
간간한 바람에
눈을 비비다
문득 저 멀리 파도 소리에
귀가 풀리면
햇빛에 가느다란 상념이 부딪쳐
마음이 쓸쓸하다

지친 몸을 끌고 가는 저 파도소리
설운 눈물에

오늘 만큼은

오늘 만큼은
엉뚱해 지고 싶다.
만만한 바람 가득 채우고
비가 그치기를
기도하는 마음 뿐

차락차락
보도블록 빗방울 연주에
튕겨져나가는
휴지 같은 양심의 부재
담배꽁초, 껌, 빈껍데기 뿐
마음 한 조각
퉁퉁 불어 떠다니네
비가 그치면
마음도
몸도
옷도
생각도
뽀송뽀송한 설렘으로
거리를 활보 하고 싶다.
오늘 만큼은 꼭
노랑나비로 사뿐 날아오르련다.

영월 펜션에서

모처럼
영월 해질녘 강물소리
펜션에 네 가족이 만나는 날
들어서는 초입
나무막대기 작은 푯말
영월을 짐짓 가르켰다.

고추밭에 햇고추가
여름을 꿀꺽 삼키고 웃는다.
집집마다 아기자기한
낯익은 꽃들이
제멋대로 한껏 멋을 내는 눈치다.

때 이른
고운 빛깔 코스모스가 한들한들
잠자리가 날아다니는
정겨운 마을의 호젓함이여
누렁 강아지도 좋아라
꼬리를 살랑 살랑
한몫 끼어들었다.

앞산이 너무 가까워
다가올 것만 같은 푸르디푸른 산이여

상쾌하다.
시원하다.
푸근하다.

아랫집, 윗집
까만 숯불에 고기 굽는 냄새 날리니
해질녘 강물 소리는
깊어만 가는구나

기억하리라

금빛 햇살에 쏟아지는 눈물과 언어
깊은 사랑으로

들꽃 같은
수원 출신의 스무 살
김향화* 삶
온몸을 던져 저항했기에
지지않는 꽃으로 붉게 피웠어라

5000년 끈질긴
질경이 생명력이여!
봄의 절정처럼 찬란한
애국지사의 숨결
까맣게 씨앗으로 차곡차곡 뭉쳤어라

유구한 역사 등에 업은
어머니의 혼불이여
채워도 채워도
바꿀 수 없는 대한의 이름처럼
영원의 향기 무덤이어라

고귀한 선열들의 한 맺힌 삶
힘을 기르며

가슴을 내밀어
마음속으로 생생하게
빛나는 눈동자로 기억하리라

* **김향화(金香花 1897-?)** : 한국의 기생, 독립운동가. 3.1운동 당시 수원에
　　　　　　　　　서 만세운동을 주도했다. 2009년에 대통령 표
　　　　　　　　　창이 추서되었다.

불혹의 빛깔

불혹의 빛깔은
아마도
자연이 밤, 낮으로 빚는 가을의
연서일 것이다.
오방색 바람개비가
천천히 돌고 있는 듯
오묘한 감정이 교차하는
어찌 딱 잘라 단정 지을 수 있겠는가
물 위의 기름처럼
세상 사람들의 생각 위에
항상 떠다니는 것
지속적으로
관심을 보일 때
조금씩 그 의미를
아주 겸손한 마음 안에
한 가닥 부여잡을 수 있을 것이다.

솔직하게 털어놓고

솔직하게 다 털어놔도 되는 거지
잊는다는 거 쉽지 않아
지운다는 거 더 어려워
도무지 내 뜻대로 되질 않아
이 힘겨운 숨바꼭질 언제까지 해야 하니?

알고 싶은 것들 사그라질 줄 모른 채
다시 또 일어나고
잇닿은 그리움으로 오랜 시간
헤맬 뿐

이따금
온 몸을 열어 보이는

깊고 고귀한 몸짓의
노오란 해바라기 꽃처럼

토끼풀에게

너의 자유를 사랑하련다
오늘 오롯이 네 곁에서 가슴을 열거야
어쩌면 내 고향집 마당인지도 몰라

행운을 찾는다고
쪼그리고 앉아 아까운 시간 털어버리는
그런 어리석은 짓은 하지 않을 거야

이제는 생뚱맞은 네 잎보다
세 잎의 어울림이 곱게 밀려옴에
어느 날 소소한 기쁨이 알알이 들어와
마음속 드넓은 곳에 지도를 그려가고 있어

너를 보면 내 영혼마저도
초록 풀밭이 돼 무한대로 펼쳐질 것 같아

달과 밤

나도 모르게 달빛을 따라 걸었어요.
그냥 지나갈 수 없어 시선이 멈췄지요
홀린 듯 내 맘 헤아릴 수 없이 쏟아지는 감격에
까만 밤하늘의 별들도
속눈썹처럼 조용히 깜박거릴 뿐……

얼마나 걸었을까요.
무심코 가슴 언저리
여린 가지되어
달빛 속에 둥지를 틀고
스며드는 바람 한 점을 나는 사랑했지요.

어느새
발길 머무는 곳
시작도 끝도 없는 그 길 위에서

붓

손가락 절구로 까맣게 그리움을 파는 날
달맞이꽃 다가와 세월 먹은 기다림 하나

무엇을 위해 우리는
흑점을 수 없이 찍었을까?
먹빛 흩어지는 향으로
창공을 뒤덮었어라

그대는 알지 못할
묵향 가득한 공간에
눈을 감고서

벌초 들러리

벌초하러 가는 날
까슬까슬한
밤송이와 눈 마주쳤네
그 가시에 찔려
그 응집된 기운 받고 싶네

명감나무 넝쿨 쉬어가는
굵은 팔 위로 지저귀는
새 소리를 듣는 우리
갈퀴에 딸려오는 잘린 풀더미 만큼
행복하고 또 고달픈 시간 이었네

머리 위로 뒹구는 하늘 구름아
일상을 돌아 또 한 번 만났으니
보고 만지고 잠이 들면 그 뿐이라네

가을엽서

아아, 가을이……
가을보다 먼저
우리라는 그 친근한 언어로
한 풀 꺾인 이 마음에
풍금소리가 슬프지 않을 만큼만
바람 되어 가는 곡선을 탄다.

가을의 이름을 부를 때
나는 엽서가 된다.
너무 멀어 갈 수 없는 거리로
차마 담지 못해 하던 내가
단풍잎 되어 너의 이름이 된다.

초대받은 손님

아! 10월 상달 초사흘이여
이 나라 하늘을
세상에 옥빛으로 물들였어라
거친 바위를 지나
향기로 가득한 삼천리 고왔어라

어쩌면 우리가 처음 땅을
밟은 일들이
한 아버님 단군 뜻이시렷다.
커다란 광성의 어느 한 조각
찬란한 평화로움에 주인 되었어라

홍익인간 시조 단군의 뜻
그 문으로 초대 받은 손님처럼
이 나라를 위한 주인 되어
하나가 되는 기쁨을 우리 이대로 남김없이
힘찬 발걸음으로
온 세상에 움트는 꿈을 나눠주리라 맹세하리요.

새벽의 나라

하나의 밝고 환한 나라이기에
아침 햇살이 신선하게
비치는 대한민국!

하늘, 땅, 사람이
배꼽이 몸의 중심이 되듯이
하나의 유기체로 융합되었어라.

고조선의 역사와 문화가 살아
숨 쉬게해
스스로 자신의 주인이 되어
밝은 빛 덧칠 하리라

미국 청년들이 부르짖는 자유가
말하는 것
우리 땅 젊은이들이여
홍익인간의 세상을 자랑스럽게
망망대해로 세상의 그 이름 그대로
내 나라 조국의 찬란한 빛으로 탄생되리라

소중한 하루

구월의 마지막 날
늦은 밤 음악회가 끝나고
공원의 가을바람에 노란 은행잎이 나비처럼 날아
왔다.
생각도 말도 행동도 모두 조화를 이룬 잊지 못할
순간!

얼마만큼의 인내와 시간으로 아니 무게로
땅으로 내려오는 걸까?
단 한번이라도 이해는 하고 넘어가는 것인지……

넓은 아름다움은 휘어질 듯
그런 얇은 마음 아닌
숲이길 꿈꾸는 나무로
잎을 키워내는 용기로
외로울 땐 흙을 밟는 맨발로
서로가 채워야 할 여백은 비워둔 채로
오르고 내리는 일

버거울 수 있는 인생 길
스스럼없이 내려놓는 우리들의 고민, 번민들……
이 가을, 누군가에
더 없이 귀하나니
전하는 서툰 마음에 기다림을 배워가오.

마디의 철학

언뜻언뜻 흘러가는 구름아
탁 트인 가슴 안에 푸른 하늘이 보인다.
겨우내 메마른 입술 적시며
마디마디 이어지는
하루의 허공이여!
우리가 올라갈 곳이 어디뇨
알아내려 엉금엉금 기어본다.
쓸쓸해~ 쓸쓸해~
그리워지는 야트막한 산등성
거짓 없는 빽빽한 기운(氣運)을 안고
대나무 숲으로
이내 지워버린다.
늘 만남을 갈구하는 것은
인간 냄새 풍기는 따사로움의 동행이지
그런 맛 나는 마음
행여 되돌아설까
쏴쏴!
오르막과 내리막을
하루에도 몇 번씩 훑고 있다.

이미 절반은 달렸네

지붕 없는 하늘을 바라보아요.
모습 없이 스쳐가는 바람 속에
가을의 향기를
긴 기차가 가는 듯 안가는 듯
일탈을 태우고 떠나네요.

타는 듯 조여 오는 가슴 풀고
정해 놓은 나의 바다로
들녘의 들국화로
몸을 맡겨 춤을 추네요.

내면 깊은 곳
절반을 달려온 데이터로
다가올 사랑에 두려워말고
내 안에 아름다움을 꺼내 보세요.
우리가 실어 나르는 수많은 밤
나의 손을 잡는 그대에게 돌아 올 것을

엿본 적 있네

가을의 붓이
징검다리 추억처럼
번져갑니다.

담장 너머엔
뒤 늦게 핀
빨간 넝쿨장미가
양지쪽에
바람을 쫓고.

석류보다 붉은
연인들의 입술로
덮어가듯
멋을 부린 날
오후의 만개한
시선이 스미고 있다.

덧쌓은 시간

널 닮은 바람처럼
에둘러 온 길에도
작은 존재가 제 깊이를 지우고
열기로 나타났다 사라지는 일

무엇이든 만들어 가는 세상
허리를 숙이고
간절함 받아주어 열매를 맺혀줄 때
그래서 살아간다.

무지개 뜨는 행복
누구에게나 나에게서 시작되어
돌아오기에 바로 보는 진실이었음을
내가 너에게 주었던 것들은
한 순간의 사소한 일

기억너머 남겨진 나의 사랑
잠시 가여워 하다
덧쌓은 시간 멈추려나
미련없이 내던진 젊음의 바이러스에
질끈 눈을 감는다.

도시 탈출

가을 햇살 바람 포식해
고스란히 은행잎 날린다.
턱까지 차오른 행복
이 순간만큼은
머릿속 떠도는 터덜터덜 걸음 떼기
다 잊고 싶다.

외암 민속마을 볏가리에
삶이 내려앉았다.
나는 쓰러지고 있다.
헹궈지지 않는
내 모습이여
십일월 일일
가을의 첫 줄에 튕겨져 나간다.

2부

때 묻은 정

어머니!
빨간 우체통을 지나가다가
불현듯 발걸음을 멈췄어요

미운 정 한 움쿰
고운 정 한 움쿰
쌓여있는 겹겹의 통 속에
얼룩이져 있네요.

전화 버튼 하나가 언 마음에
생기가 돌고 목소리에 윤기가 흐른다.
그래, 서로의 모습을 보며 함께 살았기에
어느새 닮아가고 있었다.
어머니 특유의 몸짓
뜨거운 입김이 아니어도
기분 좋은 날엔 길가의 코스모스처럼
활짝 펴 미소 짓는 소녀가 따로 없었다.

이런 어머니가 팔십이 되시다니
지우지 못하는 기억으로 밤을 적신다.
목소리도 낮아지고 너무나 따스한 분으로
조금 더 여유로워지셔 한결 마음이 놓인다.

국산 참깨 볶아서 비닐 팩 가득
넣어주시고 배웅할 땐
두 눈가에 이슬이 방울방울 맺히신다.
가슴 끝이 쩡하다.
많이 외로우신 어머니!
배웅하는 손짓이 자꾸만 걸린다.

어느새 올올이
그 외로움이 참깨알처럼 쏟아지고 있는 것이다.
서로를 위하는 길이란 무엇인가?
떠오르는 노을을 바라보며 나를 낮췄다.
끝까지 함께 하지 못한 까닭에

어떤 사람

너는 어찌
내 기억의 평지에

붉은 장미 한 송이
한 줄 꽃물로 남아

이 가슴을 뛰게 하는 걸까

계란프라이

아침엔 그녀의 손이 바삐 움직인다.
타다닥 탁!
파란 불꽃의 정열이 뜨겁다.
정적을 뚫고
세 방울 기름이 아침 공기를 가른다.
그렇게 온몸을 숙여 별일 아니라는 듯

달걀은 제 껍질을 깨고
일초의 머무름도 없이
동그란 노른자로 입수한다.
달궈진 팬에서 믿지 못할 막을 두른 채
천천히 아주 천천히
생명의 끈을 놓고 있는 것이다.

마침내 하얀 접시 위
네 송이 꽃으로 피어난 다비 (茶毘)

카페 봄

친구를 기다리는 동안
연두색 벽지 책꽂이 옆에 누워있는
시집 한 권을 깨운다.

5분의 여유
헤이즐넛 커피 향이
머리부터 발끝 까지 배어
비로소
내가 주인이 돼 나의 시선으로
나를 바라본다.

엄마도 아내도 며느리도 아닌
단 하루 꿈속 같은 시간 앞에서

나는 너에게
너는 나에게
봄에 부는 실바람처럼
찻잔 속에다 무거운 마음을 풀어 놓는다.

눈 내리던 날

사락사락!
새 하얀 눈송이

온몸으로 도화지를 클립한다.
거리낌 없이
마구 나뒹구는 낙엽들과 몸을 섞고
하얀 입김을 불어 넣는다.

이 밤
새 하얗게 대지를 뒤덮는 눈

너는 온 세상을
흰빛으로 칠하는 타고난 아티스트여라

아침에

며칠째 거실 협탁 위에
먼지랑 놀고 있는 지구별 여행자를 덥석 잡았다.

ㄴ자 형광불빛 아래
싱크대 벽에 쪼그리고 앉아
보글보글 끓어오르는 청국장을
재촉하며 똑딱이는 시계가 되었다.

덜 풀린 눈으로 지구별 여행자의
연한 발자국을 따라 나섰다.

세상 밖의 집에
점 점
접근해 한 사람의 만남도
한 모금의 물도 벗이라는 것이요.
망고 주스의 달큰한 만큼
행복한 척하지만 돌아서면
고독한 나 자신이 아닌가
눈앞에 펼쳐지는 현실이여
오래된 습관들이여
삶의 여행은 볼록렌즈
때론 오목렌즈

지구별 아래
구속된 사람이나 자유로운 사람
모두여
이름 모를 한 잎으로 뿌리를 내렸으니

노래방에서

오, 오 우연한 만남
잠시라도 묶어놓고 싶어서일까
따스한 온기가 마음까지 돌고 돌아
꿈틀거린다.

정감어린 말 속에 그 녀의 끼가 고개를 내민다.
야무진 매무새……
통통 튀는 제스처 거기에 발맞추는 나
흐트러지려는 노래방 분위기 보다
순간순간 저장된 여운
보일 듯 말듯 뿜어 나온다.
발돋음 장단을 걸어볼까

문득 떠오르는 파란 꿈
섣불리 버리지 못하고
맞잡은 온기로 포장된 공간에 하얀 웃음 동동 뜬다.
함께 묻혀온 숨소리 조금만 더 비우자
이런 밤!
지그시 눈을 감으며
뿜어내는 노랫소리는
오색빛이다.

문자 메시지

온몸의 세포들을 끌어 올리는
빨갛게 타오르는 숯 사그라질세라
열정으로 만들어가는 그 무엇일까요?

지울 수 없는 흔적
숨죽인 언어들이 간절히 원하는 것 눈치 채지 못
한 채
체인되어가는 시간
홀로 시를 쓰려 합니다.

지금은
서서히 어제를 지워버리고
나 자신이 멀어지는 연습을 할 때입니다.

액자

갈매기 텃밭이 보인다.
가슴속까지 차고 올라오니
잘려나간 섬마저 희열을 안겨준다.

뽀오얀 먼지처럼 쌓이는 그 무엇들
그대 눈빛 속엔
햇살이 솟구쳐 애벌레 거듭나기
여실하다.

꼼짝없는 웃음 잔에
살며시 투숙하는 속정이 유난히도 스며들어
순간이라고 말하기엔
너무도 정답다.

사각 틀 안에서
하루도 빠짐없이
내 마음 섬에 불을 켜고 잠금장치 중……
사뭇 잠 못 드는 밤
종종거리는 하루 그것이 뉘 모습이랴
눈길 한번 손짓 한 번
아! 지금 새롭다.

작은 손

차를 뒤덮는 찬바람과 진눈깨비에도
그리움 펼쳐 보고픈 마음은
그대 작은 손에 있었지

지난 날 눈비 함께 쏟아져 내릴 때
순정을 품은 건
그리움을 움켜쥔
그대 작은 손에 있었지

누구나 볼 수는 있다.
그러나 그 누구도 볼 수 없는 건
가슴 깊은 곳에 비켜서 있는 아픔이다.

단추

서로 바라보며 한 줄로
내려가야만 살 수 있다.
휘갑치기 틈새
쉴 새 없이 쳐들어오는 찬바람
그대가 할 일 있다면
수 없이 부딪쳐도 그 자리를 굳히기
나는 딱딱한 플라스틱 동그라미
빛바래도
늘어나는 세월
실금마저 부둥켜안으며
입 꼭 다물어야 살 수가 있다.

선물

지금 하늘을 봐
펑 펑 흩날리는 물기어린 쪽지

그칠지 모르고……
가슴을 훑는다.

슬며시 끄집어내 보고 싶은
왠지 모를 그리움의 방황

너를 머물게 하고파
나는 오랜 시간 이곳에서 정박 하고 있다.

복수초

깔깔한
받침 한 장으로
납짝 엎드렸지요.

한 잎 덮고
두 잎 포개고
그러기를 반복 했지요.

마디마디 솟아오를 때까지……

절제된 인내 끝
노오란 그리움
꾸욱
눌러 담았습니다.

콩나물

5일장 열린 날
양은 시루 한가득
까만 껍질 벗지 못해
소박한 반란을 서두른다.
언뜻 보아도
할머니를 닮았다.

세수도 못한 듯
시골 티 풍기는 콩나물
화장기 없는 너 나를 씻긴다.

투박한 손으로 한 움큼 콩나물을 뽑는다.
고달픈 하루!
콩나물 껍데기 같은 그런 기분
비닐봉지가 포식한다.

스산한 바람이 구르는 오후
뜨겁게 달구는 그 힘으로 살아온 것일까
쭈글쭈글 손마디에 낀
금가락지 한 쌍이 햇살에 튕겨져 빛나고 있다.

내 남자

그건 말이지
새 봄을 부르는 신호였습니다.
넌지시 엷은 미소로
그대의 눈빛은
박꽃처럼 하얗게 일렁였고
말없는 편안함이랄까
이유 없이 좋았습니다.
그 날
그 말은
지나갔어도
꽃씨로 내 가슴에 날아와
자리를 잡아 버렸기에
나는 그대로 인해 여기에서
꼼짝없이 당신의 꽃으로 날마다 필 운명 같습니다.
봄바람 가슴을 후벼파도……

환호

몸도 봄을 탄다.
기다림이 성급해 서두르다 제풀에 지쳐
체온으로 스며들면
정체불명 햇살이 등에 꽂힌다.
꼼지락, 꼼지락
연두빛 희망
쑤욱 쑥
보자기 풀어 맨가슴 드러내
별러온 만큼 봄을 외친다.
불혹의 언덕을 넘어
수천 갈래 보드란 긴 문장 놓여 있었지
따스한 볕과 살랑 바람 고운 빛 부름으로.

달개비꽃

늦었지만 참 다행이야
너를 발견한 것이
장대비 온종일 억세게 퍼부었어도
발걸음 멎게 하는
거칠 것 없는 기세에
내가 밀렸어
빗속 쓰라림을 견뎌낸
금방 찬물로 세수한 새살 돋음
잉크 빛
펼친 비밀 노래
너와 나의 가슴을 두른
무지갯빛 희망
휘어지랴 서로가 젖어있네

봄 개시

살랑바람 앞세우고
산수유님 납시었네
엉겁결에 비밀스런
애잔해진 여윈 가슴
미소 속에 걸어내고
너의 살꽃 포인트다.
손 떨리는 유혹이야!

소난지도

물을 보낸 갯벌
그 찰진 맨가슴에 슬픔을 묻었다
기다림은 침묵이 되고
파도가 철썩이며 달래주는
조각된 그리움이 바다 가득 흥건하다

바다 한 가운데에서
외로이 버티고 있었을
질퍽이던 갯벌마저 의연하게 외쳤을
떨리는 파도안고 신음마저 삼켰을
푸른 바다에서 핏빛으로 항거했을
아픔안고 떠돌던 영혼이여
외로운 기다림이 찬 울음으로
그리움을 품고 있다

마지막까지 바다를 건너지 못하고
총 앞에 쓰러진 값진 청춘들
죽어서도 섬을 떠나지 못하는
항쟁의병 무덤 너머로
섬은 태연히 바람만 보낸다

개나리의 일기

노랑 저고리 갈아 입고
아장아장 바람을 따라 나선다.
어디서 나온 거야
한나절 검문에 마음이 상한 걸까
알싸한 바람
무심한 척 고개를 돌리고
정해 놓은 일탈에
부딪쳐 쨍 깨진다.
어린 시절 입에 물고
가지째 꺾어 쥔 채
내 달리던 언덕길에
흩날렸던 노란 블라우스

사랑스러워
잡은 손 놓을 수 없구나

마음 한 잎

뭇 사람들이 즐겨 마시는
이슬 한 방울 대지 않고 마음 걸어 놓고 말았다.
알면 알수록 두려워
애써 외면하려는데
아침이면 습관처럼 떠올라
반신반의로 시작한 마법
미지의 땅으로 옮겨가고 있는……

아무런 말도 못하고
따스한 손 놓고 내릴 때
따라 나오며 스치는 모든 것
티내지 않으려
뒤 돌아보지 못하고
바람으로 뒹굴었다.

다가오기만 기다리는
침묵으로 표류하는 주제
눈치 빠르게 달아나
점점 진해져가는 방황의 맨발
가슴 절이게
자꾸 커져만 가
비탈진 언덕을 덮는다.

목련의 시계

아이보리 깃
눈 마중 서너 번에
퇴색된 한 벌 옷으로 투욱 툭

봄 햇살에
과로사라니

땅바닥에 떨어져 울고 있구나

어제를 버리고
바람을 초대 했건만
너무 멀어 다가갈 수 없는

꽃그늘 아래
한 계절을 다 채우지 못한
목련의 시계

님이시여

맘껏 웃고 있는 왕벚꽃의 여린 살빛
향긋한 분내
자꾸만 눈이 닿는다

이제 막
걸음마 떼는 풀꽃
님의 숨결처럼 포근하오
나는 지금 그늘을 건져 햇빛에
널어놓고 있다오

님의 곁에 머물고 싶어
한참 동안 흔들리는 잔허리 고정한 채
쪼그리고 앉아서
물 오른 안개 같은 풀꽃
쓰다듬고 있으오

하늘도 나도
나른해지는 오후 결 고운 구름따라
풀뿌리 더 깊게 내리는데
내 님 만나는 길
석고처럼 굳어져 파란 웃음은 손바닥에서 떠날 줄
모른다네

파꽃

  은빛 머리
  온통 적시구
  생의 아직 남은 봄, 그리는 걸까 한낮을 이고 나란
히 나란히 피아노 반주에 찬송가 부르는 파꽃 가느
다란 음성 보슬보슬 내린다 창밖 유리창에 그어 놓
은 빗줄기 그렁그렁한 속마음 밭이랑 타고서 까만
파꽃 씨 메마른 가슴 어루만지며 톡톡톡! 떨어진다.

그대가

아주 멀지도 가깝지도 않은 곳에 내 그대가 있다
지요. 살포시 얹어 주려는 따스한 머물음 넘치지 않
는 수위로 차오르지요. 내 안에 숨쉬는 그대 하루도
거르지 않고
　　와 주는 달님이라오 멀리 멀리
　　손닿지 못하는 곳에 있다 하여도 또르르 이슬방울
　　떨어지는
　　눈물이라오 아침에 눈 비빈 채
　　풀잎처럼 누워 쉬어가는
　　바람 속으로 묻힐 수만 있다면
　　살아있는 동안
　　빈틈을 입증하는 뿌리
　　이미
　　내 절반이 되어버린 그대를……

두꺼워진 허리

그 곳에
한 사람
또, 살고 있었다.
눈, 비, 바람 맞구
튼살
문득
한 발자국 다가왔네.

청개구리

오로지
초록이 좋아
작은 점 하나!
영영 잊지 못할 그리움 업고
폴짝폴짝
길을 나선다네

나 이렇게 살아

하얀 망초
이웃사촌 맺고
울타리 되었구나

우윳빛 패랭이
새 신부
설레임처럼 눈부시다.

연분홍 언니 패랭이
얼굴 붉히구
잊었던 추억 하나
뽑아 올린다.

초록 풀잎
사이사이 기지개 켜며

내 자리는 어딜까

저 혼자 문명의 혜택 받고
멋 부리는

타오르다
심지 닳으면

까만 촛농으로
사라지려나

벌름거리는
숨구멍사이

바람에 흔들리는
양초

감자꽃

뭇 사람들이
이름 있는 꽃 찾아
나들이 갈 때
나는
하나, 둘
하얀 분 가득 벌어지는
알 감자 매달 농부의 희망으로
몸을 풀기 시작 했지요.
두 말 할 것 없이
산바람 마시고
쏟아지는 햇빛 다 받으며
노란 꽃밥 주워모아
영근 꽃인양
아리게 피었습니다.

산들바람

어느 길 따라 온 거야
모두 숨 죽이구 기다리구 있었어
소주병 행세 하고
타는 햇빛 한 잔 두 잔
거하게 마셨나봐
멀리 보이는, 늘 보았던
솔솔 소리없는 기쁨으로
등 뒤에서 살짝 불어주는
고 작은 터치가
스스로 뚫어
온 신경을 타고 급습했어
지치지 않는 순결한 마음으로.

3부

바다 가는 길

어둠이 하얗게 달려와
너울너울 춤춘다.

누구든지 달려와
백 원짜리 우유 빛 속살 젖어라

맨발 찍혀
치미는 속 몸 부르거라
아무런 말없이

긴 그림자 녹여먹는 혀
사뿐사뿐 다가와
살그머니 깔리우면

그대의 희끗한 귀밑 머리카락
꿈길 벼랑으로 떨어뜨리려니
그리움은 가슴 깊이 내리고

여기서 더 머물다 가고 싶다
그것뿐이다.

방아깨비 수업

비바람 피해서 온 거야
촘촘한 모기장 그물에
긴 더듬이 촉
까딱까딱!
고도의 기술로 한 가닥 잠깐 멈칫 하더니
각도를 돌린다.

오 분이 채 가기 전에
반 바퀴 돌아
이젠 옆선으로 또 하나의 거대한 힘이
티나지 않게 태연히 가고 있다.

멈춰있는 것이 아니었다.
잘게 부서지는
찬비 맞으며 초록이 부르는
코앞 숲으로 가기 위한 전초전을 준비하며

오늘 덤으로
방아깨비의 속옷을 만졌다.
살아 남는 것은 얼마만큼 잘 버팅기기 하는가
빽빽한 네모 칸 틈으로 버젓이 걸려 있다.
늦어지는 점심이 이끌고 와
푸르름과 함께 비에 젖었다.

씀바귀꽃

계방산 갔다가 내려오는 길
점심식사를 위해
어느 맛집 찾아 들렀다.

"저것도 꽃이야"
누가 대문으로 그냥 들어가려다
툭! 어깨를 치며
물었다.

혼자였다면
택도 없었을 텐데
무리지어 노랗게 피었더니 적중이다.

멈칫!
고놈 참 이쁘다.
그러게 이쁘네. 옆 사람도 따라서 말했다.
천연 마약 꿀꺽 했더니
햇살이 따갑지만 거뜬하다.

그런데,
씀바귀라고 하면
갸우뚱 했다.

마음의 소리

해금 소리는 귀로만 듣는 것이 아니었다.
발끝에서 머리끝까지 다 벗어 던져야
겨우 한 올 못 이기는 척 올라온다.

맞닿을 수 없는 하늘 호수
뱅뱅 돌다 유유히 떠다니며 종알거려 본다.
이정표 없는 길에 뒹굴고 있다.

잡힐 듯 잡히지 않는 묵은 비녀 하나
계절보다 먼저 다가온 그리움으로 만졌다.
걸어서 또 걸어서 해질 때까지
멈출 수 없어라.

저녁연기 피어오르는 내 어깨너머
어미의 뜨거운 눈물 삼킬 듯
토하지 못해
끊어지지 않는 멍으로 우는구나.

칠보산 처녀산행

어젯밤에는 빗소리에 뺏겼는데
등산로 입구를 벗어나자
계곡 물소리가 여유 있게 귀를 가져갔다.

여름 끄트머리에서 가을 냄새를 킁킁 맡아 보았다.
햇내나는 도토리 빈껍데기가
이쁜 종지처럼 두런두런 속삭이고 있었다.

삽상한 바람이 살갗을 건드려
풋밤 까듯이 뒤척이며
쓱쓱 문질러 가을을 시식 했다.

나 혼자 새치기 했는데
아무도 눈치 채지 못했다.

철조망 앞에 코스모스

듬성듬성한 철조망 앞 가을이 퐁퐁 터진다.
앞서거니 뒤서거니
차례도 없다.

전혀 어울리지 않은
사이지만 그 틈에 날아들어
스스럼없는 단짝이 되었다.

들랑달랑 새앙쥐 바람이
충실해서일까!
가는 길 발목 잡혔다.

보이지 않는 내 깊은 숲에
바람이 스민다.
반쯤 벌어진다.

스스로 물결치는 속 바람에
나를 잊고 있었다.
그리고
하얀 나비 수다가 떨어질 때
목젖 다 보이도록 햇빛 받아 마셨다.

탱자나무 아래서

허락 없이 들여다보는 우리에게
하늘은 높이 날아올라
온 삶을 푸른빛으로 바친다.

우리는 만나서 행복하고
내 절반의 가슴속에는
뾰족한 가시 울타리가 사랑을 다 했노라고
'곤지곤지'
점. 점. 점을 찍는다.

노랗게
동글동글 부푼 시월에 쉰내 팍팍 풍기며
유일한 한마디 준다.
"이게 바로 나야"

동행

스스로 물들어 가는
담쟁이 학기
저 산들의 고요처럼
빈 노트 한권이 떨어진다.
어느새
그 긴 여름 페이지들을 타이르며
가을이 지나치는 중이다.

조금 전 올려놓은 잎들
바깥의 날들이 미숙아처럼 불안전해
그렇게 긴 담장이 가끔씩
환해지는 소리 들으려
제 내심(內心)을 쓴다.

한번 쫓아가 볼까!
삼킨 햇살 한 모금이 뜨겁다.
저 무수한 희망들이 등을 두드려 주고
길 위로 나온 국화의 시장기에 덩달아
시월의 한 켠에서 낱장 하나가 깊어만 간다.

능선

하늘 아래
눈으로 걷는 길 있더라.

걸어도걸어도
포근한 가슴이 물살의 흐름을 가늠해 가며
계속해서 덮더라.

오천년 긴 세월 살아 숨 쉬는 길
묵묵히 맥을 이어가는 오랜 기다림이
섬의 반대편으로 유영하는 필시 거처 일 것이다.

세무서 정원에서

가을바람이 국화 꽃
무더기에 쏠린다.

일제히 먼저 핀 꽃들은
스스로 떨어져 나가고

뒤늦게 다가온 향 같은 그리움 피워
쏟아질 것 같은
찬바람, 작은 가슴으로 운다.

하루 종일 스쳐 지나가는
번화한 길
오래된 약속을 외면하듯

지면 위로 둥실 떠오르는 양심의 부재
비타 500 빈병이 옆으로 누워
세상과 나 사이에서
약속 위반 딱지를 붙인 채 꼼짝 않고 버티고 있다

늦가을을 터치하다

멀리서 노란 은행나무들을 보았다
손가락 연필로 가슴 한 복판
삐뚤빼뚤
부서져버리는 허기를 달랜다

우울한 가을바람에
수 만 마리 나비 떼 일제히 날개를 팔랑인다
한꺼번에 휘황하게 날아오르는 몸짓

맨몸으로 세상을 향해 밀어붙이며
횡단보도 앞에서 바람을 맞고 서서

우두망찰 하늘을 응시한다.

느낌

나란히 잎맥 단풍잎이
개구쟁이처럼
마음의 골목길에 털석 주저 앉았다.

참! 행복하다.
걸어가고 있는 지금 너와 나는
너무도 특별해

금빛 햇살이
심장을 급습해
바스락!

연거푸 낙엽 밟고
가는 길 위에
하얀 입김 겨울이 대기 중이다.

부소산 가는 길

밤낮으로
소리 없이 깔아놓은
자연의 융단을 사자루 가는 길에 만났습니다.

콧속으로 파고드는 그 향기
갓 볶은 단풍의 매력에 누워 버렸습니다.
소리 없는 울음소리도 바람소리에 서려 있었습니다.

카메라 셔터 소리가 낙엽처럼
너무 짧았습니다.
내 숨소리가 지난날 역사의 꽃잎일까?
살아있는 햇살이
붉은 입맞춤을 부릅니다.

가을은 인쇄중이다

머리에 떨어질까
가슴에 떨어질까
수 만 개의 창가에 떨어질까
고민하는 얇디얇은 책

편집도 잊은 채
수시로 내려 준다.

시간 사이로 간간이
바람과 햇살이 숨을 고른다.

큰 사랑의 향기가 품어 나오는
내 나머지 生과 하얗게 부서져
손아귀 쏙 들어오는 그대의 책이 되고 싶다.

구운 감자

며칠 전에 흙 묻은 감자 한 봉지 사다 놓았었다.
나처럼 둥글둥글한 얼굴
언제나 내 눈길을 사로잡는다.
요술 냄비 속에 펼쳐놓고 3분 간격으로 뒤집어 주
면 신호가 온다.
피융! 피융!
노릇노릇 익어가는 움직임이 보인다.
드디어 기다림 끝에
껍질을 홀홀 벗길 때 올라오는 김
포슬포슬 일어나는 하얀 분
한 입 가득 퍼지는 기쁨이다.
이럴 땐
아련한 엄마 얼굴도 덩달아 피어난다.
밥 대신 먹었던 추억의 현장이 선하다.
너무나 호젓한 밤
촌스러운 친구랑 구운 감자 호호 불어 깔깔 웃으며
이 밤 꼬박 새고 싶다.

다시 뜨는 눈

외딴 골목길
어둠이 몰려오면 꿈틀 살아나는 네모난 집

낯익은 하루가 세상 시름으로
동그랗게 부풀어 오른다.

삶의 무게에 짓눌려
주머니 속
천원 지폐가 꼬기작거리며 튀어 오른다.

하얀 불빛에 가늘게 떨리는 하루치 분량
얇디얇은 공갈빵 얼굴은
어느새 연기처럼 피어나
먼 기억을 들춰보고 있다.

人生의 맛

　뜻밖의 일이다 식당엔 사람들로 붐벼 내 눈에만
그런 걸까　능선허리 같은 그의 뒷모습을 읽었다 그
가 돌아온 식탁엔 산낙지가 필사적으로 몸부림쳤고
수증기에 얼굴은 달아오르기 시작했다 단 한 번뿐인
다시 볼 수 없는 산 하나가 우람하게 버티고 있는 것
같았다 찬서리 같은 물방울 끝 그래도 살아갈 것임
에 소주 한 모금이 짜릿하다

친구

누구누구야
부르다가 금세 너라는 한글자로 뚝 떨어져 나간다.
짧게 힘있고
정감 솟는 ㄴ과 ㅕ의 조합
나는
총총
군밤 굽는 아저씨를 찾아
한가득 하얀 봉투에 담아 건네주는
따뜻한 마음 간절해
나에게 전해진 진실한 향기 맡아보겠다.
토톡토톡
노란 군밤 쏘옥 깨물어보는 겨울밤이면.

빈 소라

허겁지겁 달려온 내게
귀 쫑긋 세우고
차마 드러내지 못한 채
비스듬히 큰 입으로 응시하고 있습니다.

긴 여름 갉아먹은 꿈
쫄깃한 속살의 유혹을 다 갖춘
저 너머
생생한 가두리 사랑입니다.

맨발을 좋아하는 빈집
파도소리 가득히
은빛 모래가 가슴속 주름 단단히 묻고 깨웁니다.

오늘은 머리맡에서 이봐요?
살며시 흔들어 봅니다.
바다가 또 다시 찾아와 눈에 밟힙니다.

나비

몇 그램 달랑 갖고 접었다 폈다
이 꽃 저 꽃 비밀을 털어버린다

나도 접고 싶다.
아주 가볍게
아주 시원하게
아주 고운 색으로 분칠하고 사뿐 날아가고파

상상의 날개를 펼친다.
바다로 이어지는 날들
산으로 옮겨가기를
한껏 더 깊은 숨을 들이마신다

산내음인가
들내음인가
수국이 하얗게 피어난다
눈 부비며 더디게 걸어온 길
바로 그대 앞에 앉아 있다.

우체통 열어보세요

걷고 또 걸어도
먼 창공을 향해 곤두서는 기억들
어머니!
대신 손에 잡힌
싱싱한 아욱 한 다발

짜리몽땅한 것이
햇빛을 실컷 받아
푸른 물이 뚝뚝 떨어질 것 같습니다.

어깨 너머로
꾹꾹 눌러 잘 익힌 비로소 삶을
흐르는 물에 빡빡 씻어 풋내 스밀 때까지
정성으로 된장국을 끓여봅니다.

둥근 동선 위로
구수한 냄새가 뱅뱅 맴돕니다.
시린 마음에 생각 꽃잎 하나 벙글고
아욱꽃 다닥다닥 필 때
또 찾아가 뵐게요.

하늘에 번져가는
텃밭이 그립습니다.

매일 물주고 풀 뽑는

엄마의 놀이터에서 쑥 뽑히는 파뿌리가 되고 싶습
니다.

기다린다는 것

월간문학 3월호가
침대 머리맡에서 새 옷 입은 아이처럼 앉아 있다
펜이 닿을 수 없는 곳에서부터
연초록 부푼 꿈 퐁퐁 노래가 될 오후

이 지구를 우주로 착각하며
그 안에서 지지고 볶을 수밖에 없는
우리는 얼마나 들숨날숨 반짝이며 살고 있는가

아스팔트 틈새의 풀꽃이 햇볕에 눈부셔
느릿느릿 걸음으로 옮겨 줄 참다운 행복이여

올올이 다잡아 본다
여인의 향기에 코는 마비되었고
물을 당기는 천성이 있다는 것을 봄이 차오르고
있다

오월엔

오월엔 가슴에 작은 창문 하나가 달려 있습니다.
어딜 가든지
제 모습 한껏 연출하는 꽃이 피어납니다.

풀밭에 하얗게 피어나는
제비꽃 삼형제
그렇게 예쁠 수가 없습니다.

왜 몰랐을까요.
아주 가까운 곳에
옹기종기 자라고 있는 숨결

한 번씩 눈길 보낼 때마다
집을 짓는다는 걸

누군가 우주 여는 소릴 내는 거야
눌러 앉아
오월 태양빛을 쬐고 싶습니다.

또랑물소리

아주 가까이에서 물소리가 들린다
햇볕이 일방적으로 나타나 한자리 빌려 준다
접혀있던 기다림은
몇 도일까

하얀 나비
망설임도 두려움도 없이
특별한 바람 포대기 두른 채
빛의 가장 밝은 부분을 향한 저 몸짓!

녹음이 꿈의 빛깔을 다스리고 있다.
의젓하게 버티고 서 있는 떡갈나무가
밑동에서 우듬지까지
나뭇가지의 온기를
끊임없이 가파른 언덕에서
짙푸른 날개를 편 채
긴 여정의 장마를 끝낸다

태양은 소임을 다하며
속도에 중독되지 않는 자유로운 삶을 녹인다
한동안 작렬한 열기 따라
숲속의 새들처럼 쪼그리고 앉아
세상 어디에도 없을 엽서 띄워본다

까치집

자동차 소리마저 젖어드는 곳
나무 꼭대기 허리 위태로워 보이지만
정교한 집 한 채 떠 있다.

억센 비바람 지나갔을 터인데
별일 아니라는 듯
제 몸 가둔 울타리 안 어미의 열린 희생
기껏 해봐야 장비라고는 제 부리 하나가 아니던가

돌아오는 길 또다시 보인다.
아!
누구의 걸작인가
하늘도 한껏 춤을 춘다.

늘 그 높이 그 위에 믿음이 걸려 있다.

눈가엔 파르르 물결이 일고,
그 물결 따라
어미가 되어 새끼들 집 한 채를 따라 짓는다.

지상위에 숨 막히는 비행을 다하고
꾹꾹 눌러 찍은
내 가슴 강타한 원시의 세상

시골엔 일손이 딸려요

이모할머니 따라서 챙 넓은 모자 눌러쓰고 고추밭에 갔습니다. 아기 손 같은 고운 갈 열무가 금빛 햇살에 재잘거렸습니다. 더러는 숭숭 구멍 뚫린 푸른 잎을 통해 바라보는 바깥의 날들이 미숙아처럼 불안했습니다. 한쪽엔 겨울 김장이 기지개 켜듯 일제히 하늘을 향해 양팔을 들었습니다. 그 옆에 검붉게 익어가는 고추들이 다닥다닥 매달려 농부의 마음을 애써 달래고 있었습니다. 비료포대 안으로 잘 익은 고추는 채워지고 뒷산 제초기 돌아가는 소리는 미행이라도 하듯 빠른 손놀림을 재촉했습니다. 어느새, 땀방울이 이마를 타고 흐르고 포대 가득 땡볕 여름을 지새운 열매들이 한눈에 들어올 때 쐬가 슬슬 올라오고 있는데 난데없이 부어오르는 화끈한 한방! 따끔한 경고였습니다.

단풍 곁에서

그 무슨 시름으로
그렇게 멍이 들었나요.

어딘가 나 모른 곳
하염없이 쫓느라 고단했나요.

갈바람도 이미 떠났고
작은 사람 앉고
졸음겨운 햇살 가볍게 흔들린다.

주소 없는 공허의 깊이는 어디에 있는 것일까요.
어서 여미세요.

익숙한 볕에서 기다리는 이 있으니까요.

가을나무

당신은 가을 나무 입니다.
여름 푹푹 찌는 무더위에
굵은 땀방울이 주르륵 이마를 타고
온몸으로 흘러내려도
다 받아들였습니다.
싫은 내색 드러내지 않고
속이 까맣게 타들어가도
빙그레 웃음으로
대신했습니다.
당신의 모습을 조용히 지켜보는 이가
곁에 있습니다.
때로는 빠짝 마른 잎처럼 가벼워져 버거워도
끝까지 매달려 있겠습니다.
겨울이 올 때까지
꼭 그 자리에서 수많은 사연들이 마구 흔들어대도
친구인 양 스스럼없이

단골 길

우리 동네 익숙한 길이 좋다

적갈색 벽돌 길엔 나무도 나도 몸과 마음이 가뿐
해진다
그리움 떨어지듯
제멋대로 하강해 서서히 내려놓는 배짱이 두둑하다

나 이렇게 부서져도 괜찮아
싸인 보낼 때 나는 바람을 눕히고 싶어진다

짐짓 모르는 척 비켜서서
방황의 부끄럼 들켜도 시치미 떼고 만다
모진 폭풍 알몸으로 겪고 나면
저절로 삭아 세상살이 알게 될 것을

겨울로 또, 그렇게 쉬지 않고 달려 갈 것이다

제발
며칠 동안이라도
청소부 아저씨가 오지 말았으면 좋겠다

시계

가기만 하는 줄 알았다
오차 없이 가는 삶
누구에게나 똑같이 주는
하루치 분량

그러나

다르게 느끼고
다르게 쓴다

길게 늘려 반죽할 때도 있다
쉬엄쉬엄 나타나 자리에선
벌과 상

반사되는 햇살처럼 층층한 가슴으로 사는 일
굴절 없이 펄럭이고 싶은 펑계로 내려앉는다

밥

밥이 되지 못한 날 많았다
딱딱하게 굳어진 냉동실 누룽지처럼
몇 걸음 옮기지 못했다

조그마한 입속으로 날아들어
하얀 밥알 고슬고슬 흩어져 산산이 으깨어질 때

생기가 돌아
후욱, 몸속 언어들이 빠르게 산란을 한다
맛김이 실오라기처럼 피어오를 때
기지개켜듯
하루의 프로그램이 동동 떠오른다.
오늘 아침엔
비어있는 공기 속으로 나도 뜨거운 밥이 되고 싶다

그녀의 세상

그녀가 일하는 곳에 찾아 왔습니다
자연이 들어와 얼지 않는 호수를 걸어봅니다
그녀의 온기가 무성한 초록 거름을 만들었습니다
햇살 좋은 사연들이 들어와 숨 쉬는 곳
그 오랜 페이지를 짐짓 넘겨봅니다
하얀 세상 푹푹 빠지다가 다시 얼다가 녹았다
그녀도 이렇게 시계바늘을 돌리겠지요
마음의 돌덩이 하나
무거운 줄 모르며 매달고서
긴장하던 공기들에게서 묻어납니다
먼 길 함께 온 일상이 빛나고 있습니다
하늘을 가르는 새가 되듯
높이 비상하는 저 무수한 희망들이 몰려드는 점심
입니다

봄

꽃샘바람이
달그락!
문을 열어 놓습니다.

마음의 여유를 부리면
먼 산이 내려오고

빈 공간 가득 넘치는
끝없이 나를 충전시킨 사람이 나타납니다.

지상의 가장 낮은 곳에
그 향기로운 숨결
당신의 크고 보드라운 손

바람이 한눈파는 새
풀꽃처럼 다정한 우주가 찾아와 빛나고 있습니다.

무슨 말을 할 듯
바짝 긴장감을 주는 이유는 무엇일까요.

무제

대가들은 마음의 키가 지구를 넘었다.

미처 깨닫지 못하는 섬세함으로
모두를 불러들인다.

겹겹의 몸을 쓰다듬으며
맺혔던 한이 터지듯 산산이 부서져 온몸을 다 쓴다.

시간이 지나면 지날수록 정신의 나무 대지에 뿌리
깊게 내린다.
미래의 시간까지도 끌어당긴다.

달빛이 휘영청한 밤!
심장이 뛰어 바깥세상을 내다보니 고요한 밤이다.

뜰

담 너머를 기웃거리다
누가 다녀갔을까
오늘은 별 날도 아닌데
찍찍거리는 참새 소리만 들렸다.

누가 오시려는가
거기 어디쯤
어깨를 툭 치며 이봐 나야
무심히 나를 기다리던 그

팽이

때 절은
나무토막 위태롭다.
외롭고 고달픈 외발

때려야 신이 나고
맞아야 살아 숨 쉬는 삶

잽싸게 팽팽 돌다
제풀에 꺾이는

꽁꽁 언 손엔 시간의 흔적이
눈빛이 얼음판을 뚫는다.

호호 불면 금방 부활해 웃음꽃 필.
얼음판 위 팽이

둘레

이른 아침에 길을 나서는데
도로 옆 느티나무가 한눈에 들어왔다.

새 아파트가 낯설게 느껴질 때
어린 나무도 생의 엔진을 모두 가동하고 있었다.

비실거리는 잎 뜨거운 햇살 위에서
삶을 버티는 동안 맷집이 생겼다.
한 발자국 물러난 어둠 속에 서서
그 때 얼마나 너를 열망 했던가

나와 느티나무는 숨 가쁘게 살았다.
커가는 것도 모르고 훌쩍 자랐다.

내 허리만큼 튼살이 올라
굵어진 아름을 다시 재 보았다.

떡국

아침에 잃어버린 나 찾았습니다 까슬까슬한 내 성
미 다 깎여 나가고 고운 분까지 다 쓸려 갔을 때 비
로소 다시 태어났습니다 방앗간 기계에 뽀얀 내 모
든 것 산산조각으로 무너져 끝내는 하얀 가루가 되
었습니다 나의 실체는 오로지 가래떡이 되기 위한
작은 입자로 모여 들었습니다 네모난 시루에 솔솔
뿌려지더니 곧 뜨거운 김에 숨을 죽여 익었습니다
이제 목이 긴 가래떡으로 세상에 나왔습니다. 내 몸
은 찬물에 적셔지고 찬바람에 굳어졌습니다 어느 집
식탁 위에 오늘 뜨겁게 끓어서 님의 허기 채우는 아
침 선물이 되었습니다 동글동글 목구멍 깊이 넘기면
추운 날엔 제격입니다.

나

산이 살아야 물이 살고 나무가 살아야 나도 있다
가지마다 물이 오른 저 나무들처럼 서운했던 날 마
음을 다친 날은 접어두고 더디 가서 더 깊고 믿음이
가는 그런 사람이 되고 싶다

나무를 닮은 식물성 시세계

이재인 (문학평론가, 전 경기대 국문과 교수)

성명순 시인을 만나면 나는 도라지꽃 향기를 느끼
곤 한다. 그녀는 말이 없다. 말보다 늘 실천이 앞선다.

오만하다거나 가볍게 촐랑대는 일도 없다. 자기
할 일에만 몰두한다.

밥 짓고 남편과 함께 자녀 잘 키우고 홀로된 시
어머니를 소리 없이 봉양하는 효부였다.

그녀는 사남매 가운데 막내며느리로서 17년간
홀시어머니를 모시고 살았는데도 그녀를 만날 때
마다 얼굴이 마파람에 눅눅한 종잇장 같거나 어두
운 그림자가 드리운 표정을 지은 일이 없었다.

이렇게 그녀는 효(孝)를 지닌 사람이었으니, 누
구 말처럼 사람이 곧 시(詩)이고 그 삶이 시인의
평가 기준이라 했던 선현의 말씀이 생각난다.

그러니 더 무슨 말이 필요할 것인가……

요즘처럼 인정이 메마른 시대에 귀하게 느껴지는
삶이다.

그의 시 또한 아주 건강미가 넘쳐난다.

남산골 한옥 마을에
가을이 내려오고 있었다.
몇 해를 거슬러 왔을지
자연스러운 바깥세상을 흠씬 안고 있다.
꼭지가 다 떨어질만큼
푹 익은 홍시가
온몸을 오그려 수분을 보존하며
우직한 생명으로
평평한 이곳에 옮겨질 것이다.
어리석은 내 손가락이 움직인다
헤아리며 하늘을 쳐다보니
절름발이 앎이 깨진다
지나가는 바람에 칼날이 선다

       – 다시 뜨는 눈, 전문 2015년 월간문학 1월 호

  시인은 잘 익은 홍시를 말하고 있지만 정작은 세월의 무상함 속에 삶의 깨달음과 치열한 자기 갱신을 노래하고 있다.

  눈에 보이는 감 앞에서 이제는 지나간 과거가 된 삶이 돌아올 수 없는 강을 건너고 있다는 사실을 인지하면서 자신의 생이 영적 충만으로 채워지지 못함을 아쉬워하고 있다.

해 저문 노을이 내게 다가왔다.
어둠이 몰려오기 전

삼삼오오 마실 오는 밤바다에
물결 같은 그대를 한때는 사랑했다.

별똥 하나가 살그머니 알몸으로 그물에 걸
렸다.
거센 바람에 내 숨소리를 밀어 넣었던

찬연히 별이 빛나던 오래 전 그 밤이 생각
났다

– 기억 속의 나, 전문

그러나 시인이 추구하는 시세계를 통틀어 말한
다면 조금은 어둡고도 쓸쓸하고 힘든 세상이지만
  희망을 추구하면서 새 출발하려는 의지로 가득
하다.
  그래서 그의 시세계는 건강하고 향기로우며 다
사롭기까지 하다.
  그러나 현재 우리나라 젊은 시인들의 시적 표현
은 난삽하고 난해하며 혹은 혼돈의 세상을 비꼬는
은유로 나타나는 경우가 적지 않다.

세태의 한 모습이지만 이는 균형 잡히지 않은 시인의 관념일 뿐이다.

이에 비하면 시인이 지니고 있는 시 세계를 지금 논하기에는 이른 감이 있지만 변화를 꿈꾸는 균형 잡힌 이미지를 드러내고자 하는 노력이 확연히 엿보이고 있다.

너의 자유를 사랑하련다
오늘 오롯이 네 곁에서 가슴을 열거야
어쩌면 내 고향집 마당인지도 몰라

행운을 찾는다고
쪼그리고 앉아 아까운 시간 털어버리는
그런 어리석은 짓은 하지 않을 거야

이제는 생뚱맞은 네 잎보다
세 잎의 어울림이 곱게 밀려옴에
어느 날 소소한 기쁨이 알알이 들어와
마음속 드넓은 곳에 지도를 그려가고 있어

너를 보면 내 영혼마저도
초록 풀밭이 돼 무한대로 펼쳐질 것 같아
― 토끼풀에게, 전문

아침엔 그녀의 손이 바삐 움직인다.
타다닥 탁!
파란 불꽃의 정열이 뜨겁다.
정적을 뚫고
세 방울 기름이 아침 공기를 가른다.
그렇게 온몸을 숙여 별일 아니라는 듯

달걀은 제 껍질을 깨고
일초의 머무름도 없이
동그란 노른자로 입수한다.
달궈진 팬에서 믿지 못할 막을 두른 채
천천히 아주 천천히
생명의 끈을 놓고 있는 것이다.

마침내 하얀 접시 위
네 송이 꽃으로 피어난 다비 (茶毘)

― 계란프라이, 전문

특히 그는 자신의 독특한 자기빛깔 자기언어 자
신만의 기법으로 독창성 있는 시를 쓰기 위해 노력
하고 있음을 볼 수 있다.

시인이나 소설가에게 그런 빛깔이 강할수록 독
자들에겐 다른 작가들에게선 맛볼 수 없었던 신선

함과 변별력으로 작용된다.

구호나 덜 익은 포스트모더니즘의 경향에 빠지지 않고 자신만의 언어를 구사 지켜내고 있는 모습에선 든든함 마저 느낀다.

일종의 건강한 서정성으로 살갑게 다가온다.

시인은 많고 난해한 시들이 넘쳐나는 세상에 고요하게 핀 도라지꽃은 그 자체가 자연이며 빼어난 아름다움이다.

그녀가 씨를 뿌린 소박한 시의 밭에서 우리 모두 새로운 노래를 부르고 그 노랫소리를 귀 기울여 함께 들었으면 좋겠다.

식물적 상상력을 극대화 시키고 있는 시인의 정결한 마음이 담긴 이 시집을 통해.

인지

초판인쇄 | 2015년 2월 5일
초판발행 | 2015년 2월 15일
지은이 | 성명순
펴낸곳 | 황금두뇌 출판사
펴낸이 | 이은숙
주소 | 서울시 강북구 수유동 461-12
전화 | 02-987-4572
팩스 | 02-987-4573
등록 | 99.12.3 제9-00063호

ISBN 978-89-93162-33-2 03810